註東坡先生詩

卷之三

書於敦作彭完作宗注訛峯字淺羲峯乃宋欽宗名桓
諱名惇完與敦皆嫌名也語別宗聖祖泓別宣祖諱也考
詳與彭在國子監重修文書式頒注完莞敦墩構敦等
字時令回避而淳熙九年六月臣寮言考試命題所有
加一字从廾从呂令遵照舊名下一字例一體施行則
付於信宣諭廟諱有司士人惧加闌筆可類推也

庚子十二月十九日同人集藕齋作
坡公生日重觀曲阜桂馥記

詹事

民國三十二年十月吳興戴傳賢敬觀於重慶陪都行院之蹇蹇齋

唐宋以來之政治家中余最敬蘇文忠公其所治諸州如湖州杭州惠州儋州諸地皆有至偉大之建設至今民受其澤故使人民思念不忘者非在其文章詩詞之偉麗而實由德惠之所感善讀公之詩文者當必體念及之

傳賢敬誌

邵，何心錯同鑄吳興山水接吳郡多少
扌 英靈佑来護祈薪貿荷倉曹賢補綴低行得依據松煙棗版
童傳十八官副大著為期數極壽先業豈僅訓縑恆負故風雨茁庵老學尊文章法乳眉山付
言文先後快提㢡序酬武子詩贈傅如何景定鄭吳門遽抱遺編嘆漫沍六十年繞電去疾七萬
字同星炳附印本鶩逢鄭補前初脫於木神采具餉ゝ錫山桂坡老實始收藏等瓊璐迭經毛宋幾代
淪薶直待蘇齋蒐篋鐍歸依今得南海公古瀲英ゝ壓書庫當時蘇齋拜生日年ゝ踏雪我公
與嘍屐一笠神来思兩施一顧祀應祔七百載閱滄桑多卅一卷猶星鳳翥今晨秋館睞雨歌為
展檀函古香赴我公嗜古重表微何不重將貞木鋸一為雪堂張羽翼寗止西陂糾繆誤我踰蹇
劣如策駑倘許校讐勤埽蠹坡詞補注竟零落莫由合併同谿露爭傳鐵綽大江東誰解忽
雷長短句　道光十五年仲秋月晦日
荷屋中丞丈人出兩宋槧本施蘇詩施顧合注拜觀之餘敬成長句越日季秋月丁亥朔謹録於第三
卷之副紙　道州何紹基時年三十有七
烏程王獻寗鄉黃本驥同觀
道光乙未穫杪吳鍾駿敬觀
道光乙未九月吉蓼王庭蘭敬觀
衛芖旃蒙協洽兔月龔維琳敬[illegible]

玉堂早
直嶺海
曾過奈
運會過於
東坡
乾隆三十八年
覃溪年四十一
歲得蘇詩施
顧注宋本時像
吴郡張塤贊
魯安渠里桂馥書

年十八日雪牕稍暇獲觀宋本蘇集

於長沙行館越日即　公誕辰並於副頁展觀笠

屐諸圖不勝欣幸之至　博陵趙盛奎識

中華民國三十三年二月十七日吳興沈尹默拜觀題記

嘉慶壬申夏六月二十四日漢陽葉繼雯觀

子志詵侍

註東坡先生詩卷第三

吳興施氏

吳郡顧氏

詩四十五首 起在京師由陳潁赴錢塘通守盡離廣陵

和子由初到陳州見寄二首 事見本卷潁州初別子由詩注

道喪雖云久吾猶及老成 論語吾猶及史之闕文也毛詩雖無老成人 如今各衰晚那更治刑名 史記

[illegible]設莊子吾有大木

鄭公□□散鬢如絲酒
常稱老盡臥又堂成詩懶情無心作辭嘲疎狂訁聖明白樂天齋
微之疎狂屬年少閑散為官早阿奴須碌碌門户要全生
晉列公周顗母李氏傳謂顗等曰我屈節為汝家妾門户計耳中興時顗等並列顯
位因冬至置酒絡秀舉觴賜三子曰爾等並貴列吾目前吾復何憂嵩曰恐不如尊
旨伯仁好乘人之弊非自全之道嵩性抗直亦不容於世唯阿奴碌碌當在阿母目
下耳李氏字絡秀顗字伯仁謨小字阿奴
舊隱三年別杉松好在不白樂天詩好在王貞外平生記
得不吾今尚眷眷毛詩眷眷懷顧此意恐悠悠毛詩悠悠

我心閉戶時尋夢無人可說愁還來送別處雙淚寄南州張祜詩一聲河滿子雙淚落君前杜牧之懷齊安詩雲夢澤南州

次韻子由綠筠堂

愛竹能延客求詩剩挂墻唐陳子昂傳委置有司徒挂墻屋風梢千纛亂月影萬夫長杜牧之晚晴賦竹林外裏兮十萬丈夫谷鳥驚棊響山蜂識酒香只應陶靖節會聽北窗涼晉陶潛傳嘗言夏月虛閑高卧北窻之下清風

南史

劉攽字貢父臨江新喻人博記能文章政事侔古循吏身兼毅器守道不回與王介甫為友介甫得政行新法貢父時在館閣詒書論其不便曰今百姓取青苗錢於官者公私債負逼迫故稱貸出息以濟其急介甫為政不能使家給人足毋稱貸之患而特開稱貸之法以為有益於民不亦可羞哉今郡縣之吏方以青苗錢為殿最未足未得催二稅如此民安得不請安得不納而謂其願而不可止者吾誰欺欺天乎又謂皇甫鏄裴延齡之聚歛商鞅張湯之

變法未有保終吉者介甫怒
斥通判泰州題館壁云壁門
金闕倚天開五見宮花落古
槐明日扁舟滄海去却從雲
氣望蓬萊元祐間拜
中書舍人卒於官

君不見阮嗣宗臧否不挂口晉阮籍傳字嗣宗發言玄
遠口不臧否人物莫誇舌在牙齒牢史記張儀傳嘗從楚相飲
已而楚相亡璧門下意張儀共執掠笞其
妻曰子毋讀書游說安得此辱乎儀曰視
吾舌尚在不妻笑曰舌在也儀曰足矣韓
退之贈劉師服詩羨君齒牙牢且潔大肉
硬餅如刀截是中惟可飲醇酒南史謝瀹傳兄朏指瀹口曰此
南史歐陽王鈞讀論

二詩云不用吏教詩
過無折君官職是詩名邊無事日日醉杜子美詩朝迴日日
典春衣每日江頭盡醉歸夢魂不到蓬萊宮史記封禪書蓬萊方
丈瀛洲此三神山者其傳在渤海中杜子美莫相疑行憶獻三賦蓬萊宮秋風
昨夜入庭樹劉禹錫詩秋風入庭樹從此不相見蓴絲未老
君先去杜子美詩鼓化蓴絲熟晉張翰傳因秋風起乃思吳中菰菜蓴羹鱸
魚膾命駕而歸君先去幾時迴柳子厚詩不知從此去更遣幾年回
劉郎應白髮劉禹錫還京師詩南曹舊吏來相問何處淹留白髮生
桃花開不開劉禹錫贈看花君子詩玄都觀裏桃千樹盡是劉郎去後

我再游玄都觀詩
桃花淨盡菜花開

送錢藻出守婺州得英字

錢藻字醇老武肅王鏐五世孫第進士又中賢良方正科熙寧三年三月以尚書司封郎秘閣校理出守婺州三館秘閣同舍之士飲餞于觀音院會者凡二十人醇老為詩二十言以示坐者各取其一言為韻賦詩以送之曾子固鞏為之序嘗為知制誥加樞密直學士知開封府醇老平樂易無崖岸而居官獨立繩墨為政簡靜有條理不[illegible]取顯仕求退歐翰林

……於……昌懷舊君明

漢嚴助傳上書曰君厭承明之盧張晏曰承明盧在石渠閣外聊紆東

陽綬揚子使我紆朱懷金唐地理志婺州東陽郡後漢輿服志郡太守秩二千

石銀印青綬一濯滄浪纓孟子滄浪之水清兮可以濯我纓東

陽佳山水劉禹錫荅東陽于令詩東陽本是佳山水何況曾經沈隱侯

未到意已清過家父老喜後漢岑彭傳南還津鄉有詔過

家上冢出郭壺漿迎古樂府木蘭歌爺娘聞汝來出郭相扶將白樂

天初到江州詩遙見朱輪來出郭相迎勞動使君公孟子簞食壺漿以迎王師子

行得所願愴恨居者情文選班叔皮北征賦心愴恨以傷懷

吾君方急賢日旰坐邇英左傳襄四年衛獻公戒孫文子甯惠子食日旰不召杜預曰旰晏也又昭公二十年伍奢聞員不來曰楚君大夫其旰食乎漢張湯傳每朝奏事語國家用日旰天子忘食仁宗皇帝景祐二年置邇英在迎陽門之北東向延義在崇政殿之西南隅黃金招樂毅上谷郡圖經燕太子丹築臺置千金其上以招賢士天下謂之黃金臺柳子厚詠史詩燕有黃金臺遠致望諸君史記樂毅傳趙封於觀津號望諸君白璧賜虞卿史記虞卿傳躡蹻擔簦說趙孝成王一見賜黃金百鎰白璧一雙子不少自貶史記孔子世家子貢曰夫子之道至大也故天下莫能容夫子夫子盍李晉之說居貴甲賤

[illegible]古[illegible]為君學齊[illegible]
頻敲榜漢項籍傳執敲扑以鞭笞天下漢東方朔傳郭舍人曰願令朔復射朔不中臣榜百數師古曰榜擊也韓退之赴江陵詩何況親犴獄敲榜發姦偷臨
分敢不盡韓退之示爽詩臨分不汝誨醉語醒還驚公烏臺詩話云熙寧三年三月作古詩一首送錢藻此詩除無譏諷外言朝廷方急賢才多士並進子獨遠出為郡不少自強勉求進但守道義意譏當時之人急進也又言青苗助役既行百姓輸納不前為郡者不免用鞭箠催督醉中道此語醒後還驚恐得罪朝廷以譏諷新法不便之故也

送呂希道知和州

呂希道字景純河東人丞相文靖公之孫翰林侍讀學士公綽之子慶曆六年獻所為文召試賜進士出身入判登聞鼓院歷知解和滁汝澶湖亳七州河南監收使三司都勾院景純性寬厚沈靜端默熙寧元豐中士急於進取獨雍容其間安分隨所適而樂遇事有不可必力爭及元祐之初吏治寬平景純雅量自如亦不改其故為郡皆有惠政去而人思之

去年送君守解梁（九域志解州解梁城事見左傳）今年送

[illegible]人作[illegible]不見人足汝

作人溫坐以為事陽太守公受塵土堆骨骼君家驄騮

三將相 文選謝靈運詩金羈相驅驄騮何窮已 富貴未已今

方將 毛詩有娀方將注云將大也 鳳雛驥子生有種 襄陽

記劉備訪世事於司馬德操德操曰儒生俗士豈識時務此間自有伏龍鳳雛諸葛

孔明龐士元是也桓譚新論薛公善相馬得惡良正走者名驥子杜子美入奏行竇

侍御驥之子鳳之雛北齊裴景景鸞景鴻河東聞喜人並有逸才河東呼景鸞為驥子

毛骨往往傳諸郎 世說王右軍道祖士少風領毛骨恐後世不復

見如此人 觀君崛鬱負奇表便合劒佩趍明光

漢蕭何傳賜何帶劍上殿 唐王昌齡寄崔
負外詩我有故人曰鳳皇腰佩金玉趨明
光西漢有明光宮 胡為小郡屢奔走征馬未解風
帆張韓退之岳陽樓詩嚴程迫風帆劈剪入高浪 我生本自便
江海忍恥未去猶徬徨左傳襄公二十七年趙孟曰以能忍
恥庶無害趙宗乎毛詩徬徨不忍去 無言贈君有長歎史記孔子
世家富貴者送人以財仁人者送人以言白樂天庾七詩相悲一長歎薄命與君同
美哉河水空洋洋毛詩河水洋洋北流活活史記孔子世家臨河
而歎曰美哉水洋洋乎丘之不濟此命也夫

至宰相封侯於是起

客以延賢人開東閣頷我閤官不計員韓退之留別李襄州

詩應許閑官寄病身箕頻過知未厭卜居相近豈

辭遷卜居楚詞篇名杜子美過朱山人池亭詩相近竹參差相過人不知莫

將詩句驚搖落楚詞宋玉九辨悲哉秋之為氣也蕭瑟兮草木搖落

而變衰杜子美詩搖落巫山暮寒江東北流漸喜樽罍省撲緣

莊子人間世篇愛馬者以筐盛矢以蜄盛溺適有蚊蝱撲緣而拊之不時則缺銜毀

首碎胷待約月明池上宿夜深同看水中天

李太白送弟昌峒詩人乘海上月帆落湖中天賈島詩船壓水中天

送文與可出守陵州

文與可名同梓潼人為人靖深操韻高潔超然不攖世故熙寧初王介甫得政時論紛然與可時為集賢校理請遠郡以去東坡忠憤所激數上書論天下事退而與賓客言與可每苦口戒之逮其倅杭與可寄詩云北客若來休問事西湖雖好莫吟詩後得辠果如其言與可書竹石妙絕一世得者皆寶之後知洋州召湖州未到郡而卒東坡相共唱酬題詠銘贊書帖載於集中及刻石成都青家多可[illegible]息[illegible]其人自以文翁之後

壁上墨君不解語東坡墨君堂記王子猷謂竹君天下從而君之無異辭今與可又以墨君之形容作堂以居而屬余為文見之尚可消

百憂而況我友似君者素節凜凜欺霜秋後漢孔融傳凜凜焉皜皜焉與琨玉秋霜比質可也清詩健筆何足

數杜子美解悶詩復憶襄陽孟浩然清詩句句盡堪傳又庾信文章老更成凌雲健筆意縱橫逍遙齊物追莊周莊子內篇逍遙遊齊物論奪

官遣去不自覺曉梳脫髮誰能收江邊亂

山赤如赭陵陽正在千山頭史記秦始皇伐湘山樹赭

其山杜子美光祿坂詩山行落日下絕壁西望千山萬山赤君知遠別

懷抱惡音王羲之傳中年以來傷於哀樂與親友別輒作數日惡杜子美詩使我不能飡令我惡懷抱時遺墨君解我愁

送劉道原歸覲南康

劉道原名恕筠州人父渙為潁上令不能事上官弃之去家廬山歐陽文忠公為賦廬山高者也道原少潁悟書過目即誦既弟篤好史學上下[illegible]輩間可坐而問博學強書不遠數百里身就之殆忘寢食司馬公編英宗令自擇館閣英

冗耳臣召為号僚書成公推
功為多而道原亡矣家至
兵養而不以一毫取於人
無寒具司馬公遺衣禕亦
封還之與王介甫有舊介甫
執政道原在館閣欲引寘條
例司固辭而謂曰天子方付
公大政宜恢張堯舜之道不
應以利為先是時介甫權震
天下人不敢忤而道原憤憤
欲與之校又條陳所更法令
不合衆心者勸使復舊至面
剌其過介甫怒變色如鐵道
原不以為意或稠人廣坐對
其門生誦言得失無所避遂
與之絶以親老求監南康軍
酒官至祕書丞卒年四十七

此詩端為介甫而發其云孔融不肯下曹操汲黯本自輕張湯蓋以孔融汲黯比道原曹操張湯況介甫又云雖無尺箠與寸刃口吻排擊含風霜益著其面折之實也子義仲字壯輿其學能世其家事見四十卷是是堂詩注

晏嬰不滿六尺長高節萬仞陵首陽 史記晏嬰傳晏子為齊相在朝君語及之則危言語不及之即危行出其御之妻語其夫曰晏子長不滿六尺身相齊國名顯諸侯今妾觀其出志念深矣常有以自下者今子長八尺乃為人僕御子之意自以為足妾是以求去左傳襄公二十五年齊崔杼弒其君晏子立於崔氏之門外門啓而入枕尸

伯夷叔齊隱於首陽采薇而食之責
衫白髮不自歎窮苦在天那得怪論語死生有命
富貴在天十年閉戶樂幽獨李頎詩十年閉戶潁水陽楚辭屈原
九歌幽獨處乎山中百金購書收散亡漢張安世傳上行幸河東
嘗亡書三篋安世具作其事後購得其書以相校無所遺失揭來東觀
弄丹墨文選顏延年秋胡詩揭來空復辭後漢和帝紀永元十三年幸東觀
覽書林閱篇籍博選術藝之士以充其官魏略董遇善左氏傳更為作朱墨別異韓
退之詩丹墨交橫揮聊借舊史誅姦強韓退之荅崔立之書將作
唐之一經垂之於無窮誅姦諛於既死發潛德之幽光孔融不肯下

曹操後漢孔融傳見曹操雄詐漸著數不能堪故發辭偏宕多致乖忤汲

黯本自輕張湯漢汲黯傳張湯以更定律令為廷尉黯質責湯於上

前憤怒罵曰天下謂刀筆吏不可為公卿果然必湯也雖無尺箠與

寸刃莊子一尺之箠韓退之送張道士詩根無一尺箠為國笞羌夷韓退之詩

臣有寸刃一口吻排擊含風霜舊唐書嗣虢王巨傳楊國忠曰

比來人多口擊賊君不爾乎新書擊作打西京雜記淮南王著鴻烈書自云字中皆

挾風霜自言醉醒世俗有似不飲觀酒狂

漢蓋寬饒傳无多酌我我廼酒衣巾狼藉又屢舞史記滑稽

[illegible]錯杯盤狼藉當此之

坮亥八狀崩歊去吵盡短歌

行云天公与女大笑供千場也記平原君翩翩濁盃之佳公子惟我與

子猶徬徨毛詩黍離彷徨不忍去而作是詩也世人共弃君

獨厚漢貨殖傳白圭樂觀時變故人弃我取人取我予杜子美詩縱飲已拚人

共棄豈敢自愛恐子傷韓退之答胡直均書不敢自愛懼生之無

益而有傷也朝來告別驚何速歸意已遂征鴻

翔匡廬先生古君子陳舜俞廬山記匡俗先生姓匡名俗殷周

之際遯世隱居廬於北山因號廬山亦曰匡山匡廬先生謂道原又挂冠兩

紀鬢未蒼後漢逢萌傳解冠挂東都城門晉陶弘景挂冠神武門定之

將文度置膝上 晉王述傳愛子坦之雖長大猶抱置膝上坦之字文度 喜動隣里烹猪羊 古樂府木蘭歌爺孃聞女來出郭相扶將小弟聞姊來磨刀霍霍向猪羊 君歸為我道名姓幅巾他日容登堂 後漢法真傳太守請見真廼幅巾詣謁傳子漢末王公皆委正服以幅巾為雅見魏志武帝紀

出郡來陳所乘船上有題小詩八首不知何人有感於余心者聊為和之

岳嵩甫 說文泊止舟也

傳偶然耳及以新選

松陵唱和陸龜蒙銷夏灣詩古岸過新雨高蘿蔭橫流

鳥樂忘罝罦魚樂忘鈎餌莊子胠篋篇鈎餌罔罟罾笱之知多則魚亂於水矣削格羅落罝罘之知多則獸亂於澤矣何必擇所

安莊子人間世篇事其親者不擇地而安之孝之至也事其君者不擇事而安之忠之至也

滔滔天下是論語滔滔者天下皆是也

煙火動村落廣雅落居也晨光尚熹微陶淵明歸去来辭問征夫以前路恨晨光之熹微

田園夒夒好淵明胡不

歸歸去来辭田園将蕪胡不歸

我行無疾徐史記項籍紀徐行即免疾行及禍輕楫信容漾船留村市鬧閘聳寒波漲文選丘遲詩淅淅寒波漲舟人苦炎熱唐柳公權傳文宗嘗召與聯句帝曰人皆苦炎熱我愛夏日長宿此高木灣清月及未上黑雲如頹山後漢光武紀王邑圍昆陽有雲如壞山當營而隕庾信詠懷詩哭市聞妖歎頹山虒怪雲歐陽文忠公答聖俞大雨詩夕雲若頹山夜雨如決渠萬竅號地籟莊子齊物論子綦曰大塊噫氣其名為風作則萬竅怒號子游曰地籟則眾竅是已疾風背天池楚辭屈原九歌衝風起兮水橫[illegible]傳衝風之衰不能[illegible]

其流爭喧逐 毛詩維南有
箕不可以簸揚維北有斗不可以挹酒漿
潁水非漢水亦作蒲萄綠 李白襄陽歌遥看漢水鴨頭綠
恰似蒲萄初醱醅 恨無襄陽兒令唱銅鞮曲 古樂府梁
武白銅鞮歌襄陽白銅鞮聖德應乾来李白襄陽歌襄陽小兒齊拍手攔街爭唱白
銅鞮
我詩雖云拙心平聲韻和 左傳昭公二十年晏子曰聲亦
如味也君子聽之以平其心心平德和故詩曰德音不瑕 年来煩惱盡
圓覺經斷除一切煩惱障蔽 古井無由波 白樂天贈元稹詩無波古

井水有節秋竹竿孟郊詩
妾心古井水波瀾誓不起

次韻張安道讀杜詩

大雅初微缺流風困暴豪毛詩大雅李太白古風大雅久不作吾衰竟誰陳正聲何微茫哀怨起騷人孟子流風善政韓退之薦士詩周詩三百篇麗雅理訓誥勃興得李杜萬類困凌暴張為詞客賦變作楚臣騷班孟堅兩京賦序云賦者古詩之流也梁昭明太子文選序今之作者異乎古昔古詩之體今則全取賦名荀宋表之於前賈馬繼之於末自茲以降源流寔繁史記屈原傳楚之同姓也憂愁幽思而作騷騷離騷者猶離憂也展轉[illegible]其悠[illegible]綸[illegible]毛後漢班

偏蓄牯羣淆失亂狂濤粉

黛迷真色［杜子美玉華宮詩□乃粉黛假］魚鍛易豢牢誰

知杜陵傑［杜子美進西嶽賦表臣本杜陵諸生］名與謫仙高

［唐李白傳賀知章見其文曰子謫仙人也杜甫傳少與李白齊名時號李杜］掃

地收千軌［韓退之集掃地赤立後漢杜密傳劉勝自蜀郡告歸鄉里閉門掃軌無所干及］

爭標看兩艘［白樂天春深詩齊橈爭渡處一匹錦標斜］

詩人例窮苦［歐陽文忠公梅聖俞詩序詩人少達多窮］天意遣

奔逃［韓退之調張籍詩李杜文章在光燄萬文長帝欲長吟哦故遣起且僵］

壟暗人亡鹿［漢蒯通傳秦失其鹿天下共逐之］滇飛帝斬

鼇列子湯問篇昔者女媧氏鍊五色石以補其闕斷鼇之足以立四極艱危

思李牧漢馮唐傳文帝曰嗟乎吾獨不得廉頗李牧為將豈憂匈奴哉述

作謝王褒漢王褒傳益州刺史王襄使褒作中和樂職宣布詩失意

各千里樂府鮑明遠結客少年場行失意杯酒間白刃起相讎哀鳴

聞九皐周易鶴鳴于九皐聲聞于天騎鯨遁滄海杜子美送孔巢父詩巢父掉頭不肯住東將入海隨煙霧若逢李白騎鯨魚道甫問信今何如

東方朔十洲記滄海島在北海中水皆滄色仙人謂之滄海也拵宪得纓

花唐杜甫傳[illegible]洛[illegible]南會嚴武節度西川任依焉武以世舊待甫甚善甫嘗醉登武床[illegible]嚴挺之乃有此兒武中銜之

[illegible]謂[illegible]拆[illegible]有此兒武悉口之曰杜審言

孫擬將寬贖史記范雎傳先事魏中大夫須賈賈使於齊范雎從齊襄王使人賜雎金賈心怒雎以告魏相魏齊魏齊大怒笞擊雎折脅摺齒雎佯死得出更名姓曰張祿入秦行為相後魏使須賈於秦范雎為微行敝衣見賈賈驚曰范叔一寒如此哉乃取一綈袍以賜之賈至相舍門於是雎盛帷帳見之數賈三罪曰然公之所以得不死者以綈袍戀戀有故人之意故釋公

巨筆屠龍手莊子列禦寇篇朱泙漫學屠龍於支離益單千金之家三年技成而無所用其巧

微官似馬曹晉王徽之傳為桓沖騎兵參軍沖問卿署何曹對曰似是馬曹

迂疎

無事業醉飽死游遨莊子列禦寇篇無能者無所求能食而遨

游唐杜甫傳甫客耒陽令嘗饋牛炙白酒大
醉一昔卒劉斧摭遺杜子美依耒陽聶侯
侯不以禮遇之忽忽不怡多游村落間一
日過江上洲中飲醉宿於酒家其夕江水
暴漲為驚湍漂泛其尸洎玄宗還南内思
之詔天下求之聶侯乃積土於江上曰子
美為白酒牛炙脹飫而死於此矣詩
人皆慽之題其祠皆有感歎之意簡牘
儀刑在毛詩儀式刑文王之典尚兒童篆
書儀刑文王萬邦作孚
刻勞揚子或問吾子少而好
賦曰然童子彫蟲篆刻今誰主文字
公合抱旌旄韓退之詩文字銳開卷遙相
氣在揮揮見旌旄
憶陶淵明與子儼等踈開知音兩不遭文
卷有得便欣然忘食選
詩□篇□章稀魏文帝民丁思郎質楊

堊漫其鼻端若蠅翼使匠石斲之運斤成風盡堊而鼻不傷宋元君召匠石為之曰臣則嘗能斲之雖然臣之質死久矣鯤化陋儵濠莊子逍遙遊北溟有魚其名為鯤化而為鳥其名為鵬秋水篇莊子與惠子游於濠梁之上莊子曰儵魚出游從容是魚樂也恨我無佳句杜子美贈韋左丞詩浪誦佳句新時蒙致白醪殷勤理黃菊漢司馬相如傳通殷勤未遣沒蓬蒿高士傳張仲蔚常居窮素所處蓬蒿沒人

送張安道赴南都留臺

張文定公名方平字安道其先宋人後徙揚州以賢良方

正射策優等累遷知諫院西夏元昊叛命六年上益厭兵而賊亦困弊元昊欲自通無由安道上蹟頗因郊赦開其自新仁宗喜曰是吾心也西師解安道有力焉神宗擢為參知政事御史中丞缺曾公亮欲用王安石安道極論不可未幾以憂去位先是知皇祐貢舉嘗辟安石考校既入院凡院中之事皆欲紛更遂檄使出走蘇公嘗作辨姦以譏安石謂必亂天下安首為甚於所撰墓碣與安石如冰炭安石當軸神宗再使共政安石每力排之石安道論新法之害皆深言

中閑安道曰吾衰矣雅不能
事人歸歟以全吾志即力請
留臺而歸故詩之一言有歸
意醫府諫莫移也後判應天
府陛辭面諭曰祐欲卿與韓
絳共事而卿卿議政不同又欲
以卿為樞密使而卿論兵亦
異卿受先帝末命卒無以
副朕意乎因泣然泣下賜帶
如嘗任宰相者守蜀時得三
蘇公皆器異之薦東坡及李
大臨為諫官坡下制獄又抗
章請其命嘗以安道意代作
諫用兵書其言懇切至到又
敘其文以比孔融諸葛亮云
元祐間以太子太保薨贈司
空蘇子由為請謚曰文定居

南京榜所居堂曰樂全東坡為賦詩在第七卷

我公古仙伯杜子美詩諸公乃仙伯杖藜長松陰超然羨門

姿史記封禪書秦始皇東游海上求仙人羨門之屬偶懷濟物志

遂為世所麋文選謝靈運述祖德詩兼抱濟物性而不纓垢氛周易我有好爵吾與爾麋之黃龍游帝郊揚雄傳鳳凰巢其樹黃龍游其沼瑞應圖黃龍居四龍之長神靈之精舜東巡狩黃龍負圖置舜前簫韶鳳來

儀尚書簫韶九成鳳凰來儀終然反溟極豈復安籠池

選潘安仁秋興賦譬猶魚籠鳥而有江湖之思出入四十年憂

言有歸志劉符陳皇後漢翟

擇其……節韓出……吾家信莫磨搜士
反節孩無人長者側何以安子思孟子昔者魯繆
公無人乎子思之側則不能安子思子為長者而不及子思子絕長者乎長者絕
子乎歸來掃一室虛白以自怡後漢陳蕃嘗閑處一室而
庭宇蕪穢薛勤謂蕃曰孺子何不洒掃以待賓客曰大丈夫當掃除天下安事一室
乎莊子人間世篇虛室生白吉祥止止游於物之初莊子田子方篇
老聃曰吾游於物之初世俗安得知晉王獻之傳謝安問君書何如
君家尊答曰故當不同安曰外論不爾答曰外人那得知我亦世味薄
因循鬢生絲韓退之示爽詩我老世味薄因循致留連白樂天覽鏡喜

老詩須鬚盡生絲

出處良細事周易或出或處孟東野百憂詩出處各有時漢黃霸傳非細事韓退之閔己賦在隱約以平寬固昔人之細事從公當有時

傅堯俞濟源草堂

傅堯俞字欽之本鄆人官孟州樂濟源風土徙焉王安石素與之善方行新法謂之曰方今紛紛俟君來久矣將以待御諫院處君堯俞謝曰新法世以為不便誠如是當極論之安石慍遂寢後拜中書侍郎司馬溫公嘗謂邵雍曰清直勇三德人所難兼吾於

微官共有田園興（文選歐陽堅石詩：咨余沖且暗，抱責在微官。陶潜歸去来詞：田園將蕪）

老罷方尋隱退廬（杜子美憶舊詩：老罷知明鏡，悲来望白雲）

栽種成陰十年事（管子：一年之計莫如樹穀，十年之計莫如樹木，終身之計莫如樹人）

倉黃欲買百金無（白樂天閑忙詩：蒼黃日下山。梁書呂僧珍傳：宋季雅市宅呂僧珍，問宅價，曰一千一百萬。怪其貴，季雅曰：百萬買宅，千萬買隣）

先生卜築臨清濟（杜子美述懷詩注云：卜築述懷。史記蘇秦傳：齊有清濟濁河）

喬木如今似畫圖（杜子美反照詩：荻岸如秋水，松門似畫圖）

鄰里亦知偏愛竹

春來相與護龍雛杜子美詩愛竹遣兒書吳僧贊寧筍譜俗間謂
筍為龍孫盡全寄抱孫詩竹林吾宗惜
新筍好看守萬籜包龍兒攢迸溢林藪

陸龍圖詵挽詩

陸詵字介夫餘杭人進士起
家除知延州入覲英宗曰
鄜延宜當勇要今將何先對
曰未審陛下欲安靜耶將
威之也帝曰大氏邊垂當
安靜以龍圖閣直學士知成
都青苗法出詵言蜀峽刀耕
火種民食常不足至種芋充
飢今首稅科折已重脫歲儉
不能償官適陷之死地願罷
四路使者并言差役水利事

挺然直節在峨岷蓋謂是也
所歷桂延秦鳳晉真定成都
六州秦鳳未上而改命詩云
六州巷哭蓋
據言之爾

挺然直節在峨岷謀道從來不計身論語君子
謀道不謀食下屬纊家無十金產禮記屬纊以俟絕氣漢揚雄傳
家產不過十金乏無儋石之儲晏如也過車巷哭六州民後漢
祭遵傳喪還光武幸城門過其車騎孔叢
子庚子曰子產死鄭人巷哭三月漢賈捐
之傳老母寡婦歛泣巷哭晉羊祜傳祜
卒南州人號慟罷市巷哭者聲相接塵
埃輦寺三年別樽俎岐陽一夢新唐地里志鳳翔

府貞觀七年置岐陽縣

他日思賢見遺像趙抃成都古今集記大聖慈寺思賢閣歷政知府一一繪像因以為名明參政鎬為記馬鈐轄端書熊照

從過齋官詩不論宿草更沾巾禮記曾子曰朋友之遺像在陶淵墓有宿草而不哭焉杜子美詩為爾一沾巾

胡宇夫母周夫人挽詞

胡宇夫名宗愈元祐閒為尚書右丞事見二十四卷次韻胡宇夫詩注

柏舟高節冠鄉鄰毛詩柏舟共姜自誓也父母欲奪而嫁之誓而[illegible]

[illegible]青風聳[illegible]紳晉列女傳韋逞[illegible]

學問博上經典時博士盧壼曰唯周官禮

注未有其自非此母無可以傳授後生於是就宋氏家立講堂隔絳紗幔受業

豈似凡人但慈母史記李斯傳韓子曰慈母有敗子嚴家無格虜

能令孝子作忠臣後漢韋彪傳求忠臣必於孝子之門南史劉敬

宣性至孝栢序謂其父牢之曰此見非為家之孝子必為國之忠臣當年織

屨隨方進漢翟方進傳欲西至京師受經母憐其幼隨之長安織屨以給

晩節稱觴見伯仁晉列女傳周顗母李氏中興時顗等並列顯位

因冬至置酒絡秀舉觴賜三子李字絡秀顗字伯仁回首悲涼便陳

迹文選謝靈運廬陵王墓下詩道消結憤懣運開申悲凉莊子天運篇六經先王

之陳跡也晉王羲之蘭亭序俛仰之間以為陳迹凱風吹盡棘成薪毛詩凱風自南吹彼棘薪母氏聖善我無令人

次韻柳子玉過陳絕粮二首

風雨蕭蕭夜晦迷不須鳴叫強知時毛詩風雨思君子也亂世則思君子不改其度焉風雨蕭蕭雞鳴膠膠風雨如晦雞鳴不已

多才久被天公怪晉史陸機傳人患才少陸機更患其多韓退之雙鳥詩天公怪兩鳥各捉一處囚闕食惟應爨婦知杜叟挽衣那及脛杜子美寓同谷縣詩黃精無苗山雪盛短衣數挽不掩脛

[illegible]言次顏魯公乞米帖云拙於

言[illegible][illegible]真嘗遍詩閒於今底憂慮退

之瀧吏詩西州底憂世

如我自觀猶可賦非君誰復肯相尋圖書

跌宕悲年走文選江文通恨賦脱略公卿跌宕文史燈火青

熒語夜深韓退之湘西寺獨宿詩瞬燈青睒睒後漢班固西都賦琳珉青

熒注云青熒其色光也杜子美詩見女燈前語夜深早歲便懷齊物

意莊子齊物論郭象注云謂是非雖異而彼已均也微官敢有濟

時心潘安仁詩豈敢陋微官白樂天與李賓客同游詩可惜濟時心力在南

行千里成何事一聽秋濤萬鼓音

潁州初別子由二首

子由除老蘇公喪神宗嗣位既二年矣求治甚急子由以書言事召對時王介甫新得幸以執政領三司條例上使為檢詳文字介甫急於財利而不知本吕惠卿為之謀主子由議事多牾一日介甫出一卷書乃青苗法使其屬議之子由曰錢入民手雖良民不免非理費用及其納錢雖富者不免違限如此則鞭箠必用州縣事不勝煩矣唐劉晏主國計未嘗有所假貸而四方豐凶貴賤皆知之有賤必糴有貴必糶以

[illegible]
安之功可立俟也介甫曰君
言有理當徐議行之然其說
竟不用青苗法既行子由度
不能救以書抵介甫指陳其
决不可者且請補外介甫大
怒將加以罪同列止之除河
南推官會張安道知陳州辟
為教授東坡是時亦以論新
法爲介甫所嫉惡通判杭州
出都來陳子由送至潁且同
謁歐陽公而別此詩云至今
天下士去莫如子猛嗟我久
病狂意行無坎井有如醉且
墜幸未傷輒醒蓋謂是也本
卷和子由初至陳見寄詩第
四卷戲子由
詩意亦互見

征帆挂西風孟東野送任齊詩一帆天外風別淚滴清穎
庾信詠懷詩別淚損橫波留連知無益北史王晞傳請晉祠賦詩曰日
落應歸去魚鳥見留連惜此須臾景漢賈山傳願少須臾毋死楚辭
劉向九歎聊假日以須臾我生三度別元微之別白樂天詩自識君來
三度別遞回白盡老髭須此別尤酸冷念子似先君孟子
吾先君亦莫之行也木訥剛且靜論語剛毅木訥近仁又曰仁者靜
寡辭真吉人周易繫辭吉人之辭寡晉書王獻之與兄徽之操之俱詣
謝安二兄多言俗事獻之寒溫而已客問安王氏兄弟優劣安曰小者佳吉人之詞
以其少介石乃幾故曰周易介于石不終

[illegible]可識今天下士史記魯[illegible]謂貴於天下之士
者為之[illegible]釋難解紛[illegible]無取也去莫如子猛嗟我久病
狂漢匈奴傳伊邪貞演曰我病狂妄言耳意行無坎井莊子坎井
之鼃史記越世家范蠡曰君行令臣行意劉禹錫蠶子歌意行無舊路漢賈誼傳乘
流則逝得坎則止柳子厚愚溪對吾足蹈坎井頭抵木石有如醉且墜
幸未傷輒醒莊子達生篇醉者之墜車雖疾不死骨節與人同而患害
與人異其神全也從今得閑暇默坐消日永作詩
解子憂持用日三省論語吾日三省吾身柳子厚田家詩竭茲
筋力事持用窮歲年

近別不改容文選宋玉高唐賦崪然直上忽然改容李白詩松寒不改容

遠別涕沾胷文選潘安仁悼亡詩不覺淚沾胷

咫尺不相見實與千里同韓退之寄李大夫詩咫尺不相聞平生郎可計

李太白巫山屛風詩高咫尺如千里

人生無離別李商隱詩花發多風雨人生足別離

誰知恩愛重文選曹子建贈白馬王彪詩恩愛苟不虧在遠分日親

始我來宛丘唐地理志陳州宛丘縣毛詩陳宛丘注云四方高中央下曰宛丘

牽衣舞兒童李太白南陵別兒童詩兒女歌笑牽人衣

使知有此恨留我過秋風秋風亦已

[illegible]問我可年歸我言歲在東

離合[illegible][illegible][illegible][illegible]詩離合非有常史記漢高紀

三王之道若循環周而復始憂喜迭相攻詎此長太息

楚辭登原遠遊長太息而掩涕我生如飛蓬文選潘安仁西征賦陋吾

人之拘攣飄萍浮而蓬轉多憂髮早白文選魏武帝樂府多憂何為

不見六一翁歐陽文忠公自號六一居士

歐陽少師令賦所蓄石屏

何人遺公石屏風上有水墨希微蹤夫子聽之

不聞名曰希摶之不得名曰微不盡長林與巨植獨畫峨

眉山西雪嶺上萬歲不長之孫松崖崩澗

絕可望不可到唐周曇愛為山水遙望孤之而不能到乃作到難

煙落日相澒濛含風偃蹇得真態左氏哀公六年彼皆偃蹇楚辭離騷望瑤臺之偃蹇兮見有娀之佚女刻畫始信天

有工漢王莽傳非刻非畫晉周顗傳刻畫無鹽唐突西施尚書天工人其代之

我恐畢宏常偃死葬鐃山下骨可朽爛心

難窮朱景玄歷代畫斷畢宏大曆二年為給事中畫松石於左省廳壁好事者

皆以詩詠之韋偃工老松異石咫尺千尋駢柯攢景杜子美雙松圖天下幾人畫古

松畢宏之老韋偃妙神機巧思無所發化為煙霏淪

[illegible]韓山石詩出古來畫師非俗士

選孔德[illegible]後文請廻俗士駕摹寫

物象吟[illegible]詩人間唐元稹杜子美墓誌李白亦以奇文取稱時人謂之李杜觀其壯浪縱恣擺去拘束摹寫物象及樂府歌詩誠亦差肩於子美

顏公作詩慰不遇孟子吾之不遇魯侯天也班固漢武故事顏駟三世不遇

無使二子含憤泣幽宮文選江文通別賦慙幽宮之琴瑟

陪歐陽公燕西湖

歐陽文忠公廬陵人仁宗擢為參知政事事英宗神宗堅求退除觀文殿學士出典亳青二州擢宣徽使判

太原遣内侍賜告諭赴闕欲
留共政力辭乞守蔡在亳六
請致仕至蔡復請乃許公年
未及謝天下高之舊號醉翁
晚又號六一居士昔守潁上
樂其風土因卜居焉郡有西
湖公尤愛之作念語及十詞
歌之是時王介甫得政推行
新法小人用事公為郡不忍
以法病民在青州以便宜止
散青苗錢且上疏論之介甫
舊出公門至是懼其復用間
甚始深毀沮不已謂必無補
時事但使異論者附之遂聽
歸老東坡用極力事意實在
此然居潁纔一年而薨年六
十有

言[illegible]仙雪謂公已[illegible]来

湖上飲美酒文選顏延年秋胡詩蜴来空復辭又古詩不如飲美酒被服素與紈醉後劇談猶激烈漢揚雄傳口吃不能劇談世說支道林詣謝東陽回人問何處来答曰與謝孝劇談一出来文選蘇武詩長歌正激烈杜子美赴奉先詩浩歌弥激烈湖邊草木新著霜芙蓉晚菊爭煌煌文選宋玉高唐賦玄木冬榮煌煌熒熒揷花起舞為公壽史記魯仲連傳平原君酒酣起為壽漢蓋寬饒傳許伯入第長信少府起舞公言百歲如風狂韓退之詩男兒不再壯百歲如風狂赤松共游也不惡誰能忍飢啖仙藥史記張良

世家願棄人間事從赤松子游乃學辟穀道引輕身晉列女謝道韞傳王郎逸少子

不惡白樂天西征詩閒行亦不惡陸龜蒙曰我幾年來忍飢誦經乃食杞菊頤神養

壽

已將壽夭付天公 白樂天思舊詩且進一盃酒其餘皆付天

彼徒辛苦吾差樂 韓退之贈侯喜詩人間事勢豈不見徒自辛苦終何為漢陳遵傳常謂張竦足下苦身自約而我放意自恣官爵功名不減於子而差獨樂顧不優邪

城上烏棲暮靄生 後漢五行志童謡曰城上烏尾畢逋李太白詩姑蘇臺上烏棲時杜牧之詩暮雲生澤樹斜陽下小樓

銀缸畫燭照湖明 文選班孟堅西都賦金缸銜壁注云缸燈盞也

不[illegible]詩力歛[illegible]無酒但能撫[illegible]晉桓伊

詭詘　于方主相之間嬿隱從成武帝召伊飲　侍坐命伊吹笛一弄乃請以箏歌伊撫箏而歌怨詩安泣下沾襟越席捋其須曰使君於此不凡

十月二日將至渦口五里所遇風

留宿

長淮久無風放意弄清快杜子美詩代公尉遲通泉放意何自若今朝雪浪滿孟東野有所思詩寒江浪起千堆雪始覺平野隘兩山控吾前呑吐久不嘬嘬楚快切禮記毋嘬炙鄭氏云嘬謂一舉盡臠孤舟繫桑本左傳成公二年齊高固入晉師

乘其車繫桑本焉

終夜舞澎湃漢司馬相如傳上林賦洶涌澎湃

舟人更傳呼漢蕭望之傳倉頭盧兒傳呼甚寵

弱纜恃菅蒯左傳成公九年詩曰雖有絲麻無弃菅蒯

平生傲憂患久矣恬百怪鬼神欺吾窮戲我聊一噫韓退之感二鳥賦雖得之而不能乃鬼神之所戲莊子齊物論大塊噫氣其名為風

缾中尚有酒信命誰能戒杜子美偪仄行男兒信命絕可憐

出潁口初見淮山是日至壽州

東坡嘗縱筆書此詩且題云予年三十六赴杭倅過壽作此詩今五十九南遷至虔煙

淮墨蹟作長淮今從墨蹟

我行日夜向江海楓葉蘆花秋興長白居易詩楓葉荻花秋索索杜子美詩秋來興甚長長淮忽迷天遠近青山久與船低昂壽州已見白石塔短棹未轉黃茆岡白樂天山鷓鴣詩黃茆岡頭秋日晚苦竹嶺上寒月低波平風軟望不到杜牧之六言詩河橋酒旆風軟候館梅花雪嬌故人久立煙蒼茫庾信蕩子賦搖蕩寒關蒼茫日晚杜子美樂游園歌獨立蒼茫自詠詩

壽州李定之少卿出餞城東龍潭上

山鴉噪叜古靈湫亂沫浮涎遶客舟未暇然犀照奇鬼晉温嶠傳嶠過牛渚磯燬犀角而照之須臾水族覆火奇形異狀呂氏春秋梁園之北黎丘有奇鬼焉善効人之子姪弟昆好扶邑之丈人而道之苦欲將燒燕出潛虬張華博物志燒燕肉而致龍北蔓瓆言李官子之釣於潭上一旦龍見盖以贏燕為餌發龍之嗜欲也亡選張平子蜀都賦下高鵠出潛虬皮君惜別催歌管三國志蜀先主傳天下英雄唯使君與操耳村巷驚呼聚玃猴韓退之南山詩微瀾動水面蹁躍躁猱狖驚呼情夜喜呼不作此地他年須遺愛左傳昭公二十年仲尼聞觀魚亭上老在

上

鯈魚出游從容是魚樂也

濠州七絕

塗山 漢地理志濠州鍾離縣有塗山九域志當塗城塗山氏之邑

川鎖支祁水尚渾 古岳瀆經禹理淮水三至桐柏水功不能興禹怒召集百靈搜命九道乃獲淮渦水神名無支祁善應對言語辨淮之淺深原隰之遠近形若猿猴縮鼻高額青軀白首金目雪牙頸伸百尺力輪五象搏擊騰趠疾奔輕利倏忽之間視之不可以禹授之同律同律不能制授之烏木田烏木田不能制授之庚神庚神遂頸鎖大鐵鼻穿金鈴徙淮之陰龜山之足淮水乃安流注于海太

平寰宇記亦云李肇國史補永泰初楚州有漁者於淮中釣得古鎖不絕以告刺史李陽大集人力引之鎖窮有獮猴躍復沒後有驗山海經云水獸好為害禹鎖之名曰無支祁異聞集亦云

地埋汪罔骨應存國語禹致羣臣於會稽之山防風氏後至殺而戮之其骨即專車防風汪芒氏之君也

樵蘇已入黃熊廟漢韓信傳樵蘇後爨顏師古曰樵取薪蘇取草左傳昭公七年堯殛鯀于禹山其神化為黃熊

鳥雀猶朝禹會村東坡云山下有鯀廟山前有禹會村左傳哀公七年孟孫曰禹會諸侯於塗山執玉帛者萬國

彭祖廟

神仙傳 帝顓頊

百餘歲而不衰 欲將齒髮壓如象空簪

雲母連山盡 東坡云有一雲母山去彭祖所采服也神仙傳彭鏗善補導之術并服水桂雲母粉麋角常有少容

不見蟠桃著子時 漢武故事武帝七月七日與王母會遺帝蟠桃七大如彈丸帝收核欲種母曰此桃三千年一生實何可待也傳物志亦云

逍遙臺 東坡自注云莊子祠堂在開元寺即墓為堂

常怪劉伶死便埋 晉劉伶傳常乘鹿車攜一壺使人荷鍤隨之曰死便埋我 豈伊忘死未忘骸烏鳶奪得與螻蟻 莊子列御寇篇莊子將死弟子欲厚葬之莊子曰在上為烏鳶食在下為螻蟻食奪

彼與此何其偏也誰信先生無此懷

觀魚臺九域志濠州有莊子觀魚臺

欲將同異較錙銖文選陸士衡文賦考殿最於錙銖鄭玄禮記注八兩為錙漢律曆志二十四銖而成兩肝膽猶能楚越如莊子德充符仲尼曰自其異者視之肝膽楚越也自其同者視之萬物皆一也若信萬殊歸一理誰前子斟酌萬殊文選陸士衡文賦體有萬殊物無一量子今知我我知魚莊子秋水篇莊子與惠子游於濠梁之上莊子曰是魚樂惠子曰子非魚安知魚之樂莊子曰子非我安知我不知魚之樂也既已知吾知之而問我

虞姬墓 [illegible]失道於此盖虞姬死所

帳下佳人拭淚痕門前壯士氣如雲 白樂天卷諸老年詩既君壯歲氣如雲

倉黃不負君王意 白樂天闕杜詩蒼黃日下山

只有虞姬與鄭君 漢項籍傳壁垓下夜聞漢軍四面皆楚歌乃驚曰漢皆已得楚乎是何楚人多也起飲帳中有美人姓虞氏廼忼慨悲歌曰虞兮虞兮柰若何歌數曲美人和之泣數行下漢鄭當時傳其先鄭君嘗事項籍籍死而屬漢高祖令故項籍臣名籍鄭君獨不奉詔詔盡拜名籍者為大夫而逐鄭君

四望亭

頹垣破礎沒榛荊故老猶言短李亭東坡云大和中刺史劉嗣之立李紳以太子賓客分司東都過濠為作記記今存而亭廢者數年矣唐李紳傳為人短小精悍於詩宂有名時號短李白樂天詩云閑吟短李詩又云借教短李作歌行

敢請使君重起廢史記太史公自序孔子脩舊起廢

落霞孤鶩換新銘王勃滕王閣記落霞與孤鶩齊飛秋水共長天一色

浮山洞東坡自注云洞在淮上夏涼不能及而冬不加高故人疑其浮山

舟中舟得見乾坤浮水水浮空　篇渤海之

里有大壑焉實惟無底之谷其中有五山焉一曰代輿二曰負嶠三曰方壺四曰瀛洲五曰蓬萊五山之根無所連著常隨潮波上下往還不得暫峙焉仙聖毒之訴之於帝帝使巨鼇十五舉首而戴之晉天文志天地各乘氣而立載水而行故皇帝書曰天在地外水在天外水浮天而載地者也杜子美洞庭詩乾坤日夜浮

泗州僧伽塔

東坡云泗州大聖傳云和尚何國人也又曰世莫知其所從来去不知何國人也近讀隋書西域傳乃有何國余在惠州忽被命責儋耳太守方子容自携告身来且語余曰

此固前定無可恨吾妻沈素事僧伽謹甚一夕夢和尚告別沈問所往荅云當與蘇子瞻同行後七十二日當有命今適七十二日矣豈非前定乎予以謂事之前定者不待夢而知然予何人也而和尚辱與同行得非夙世有少緣契乎參寥有詩誌此事云臨淮大士亦無私應物長於險處於親護舟航渡南海知公盛德未全衰

我昔南行舟繫汴逆風三日沙吹面漢衛青傳大風起沙礫擊面杜子美詩步壑風吹面又云疾風吹塵暗河縣舟人共

劫是堂咎合舊召大未收真御轉曰樂天詩本

同至[illegible]溪失長檣去到龜山寺章會州

吳經編山水陸院在城東三十里宋元嘉中文帝遺臧質拒魏太武於此山築長城造浮橋絶水路至人無心何厚薄莊子田子方篇夫至人者上闚青天下潛黃泉揮斥八極神氣不變我自懷私欣所便耕田欲雨刈欲晴去得順風來者怨劉禹錫何卜賦同涉于川其時在風沿者之吉泝者之凶同藝于野其時在澤伊穜之利乃穋之厄若使人人禱輙遂造物應須日千變文選賈誼服賦千變萬化未始有極我今身世兩悠悠白樂天詩夘酒一杯眠一覺世間何事不悠悠去無所逐來無戀得行固願留

不惡每到有求神亦倦退之舊云三百尺

澄觀所營今已擾 韓退之送僧澄觀詩僧伽後出淮泗上勢到衆佛尤魁奇清淮無波平如席欄柱傾扶半天赤火燒水轉掃地空突兀便高三百尺借問經營本何人道人澄觀名籍籍

不嫌俗士汙丹梯 文選孔稚圭北山移文請回俗士駕謝靈運擬鄴中詩躡步陵丹梯並坐侍君子杜子美丈人山詩為愛丈人山丹梯近幽意

一看雲山遶淮甸 文選鮑明遠詩登臚眺淮甸

龜山 九域志泗州盱眙縣龜山鎮

我生風濤亦可求 杜子美詩我年上龜山

肩[illegible]月將竄行[illegible]之兩周[illegible]別[illegible]身行萬里半天下

借卧一庵初白頭地隔中原勞北望文選曹子建七啓游觀中原逍遙閑宮潮迴滄海欲東游十洲記滄海島在北海中水皆滄色仙人謂之滄海兵衰舊事無人記故壘摧頹今在不東坡云宋文帝遣將拒魏太武築城此山元嘉文帝紀年也文選應休璉侍五官中郎將建章臺詩毛羽日摧頹

發洪澤中塗遇大風復還九域志楚州淮陰縣洪澤鎮

風浪忽如此吾行欲安歸晉謝安傳與孫綽等汎海風起

浪湧安吟嘯自若舟人以安為恍猶去不止風轉急安曰如此將何歸邪舟人承言即回衆咸服其雅量挂帆却西邁文選木玄虛海賦維長綃挂帆席

此計未為非洪澤三十里安流去如飛楚辭九歌湘君章使江水兮安流文選王仲宣從軍詩拓地三千里往返速如飛李白詩巴水急如箭巴船去如飛居民見我還勞問亦依依文選李少卿荅蘇武書臨風懷想孰不依依後漢馬援傳其意依依常獨為西州言携

酒就船買杜荀鶴詩就船買得魚偏美踏雪沽來酒倍香此意厚

莫違鄭愚津陽門詩今一尊君莫違醒來夜已半岸木

[illegible]會市白魚錢許巴杜子美

留白□行無南北詩是身如浮雲去

可限南北適意乃所祈文選古詩聘睞以適意何勞弄澎

湃漢司馬相如傳上林賦八川分流相背異態泌潏澎湃滭弗宓汨終夜

搖窻扉妻孥莫憂色更典篋中衣杜子美曲江詩

朝廻日日典春衣韓退之詩篋中有餘衣

十月十六日記所見

風高月暗雲水黃淮陰夜發朝山陽九域志楚

州山陽郡淮陰縣在州西四十里山陽曉霧如細雨烱烱

初日寒無光漢于定國傳永光元年春霜夏寒日青無光白樂天詩白

日冷無光黃河凍不流雲收霧卷巳亭午白樂天吳中好風景詩兩脩漸多暇亭午初無熱韓退之游青龍寺詩須知節候即風寒幸及亭午猶姸暖有風北來寒欲僵忽驚飛雹穿戶牖迸駛不復容遮防市人顛沛百賈亂論語顛沛必於是疾雷一聲如頹墻莊子齊物論疾雷破山溪司馬相如上林賦乃命有司頹墻壞塹使君來呼晚置酒史記李斯傳置酒於家百官長皆前為壽坐定巳復日照廓悅疑所見皆夢寐萬種變怪旋消亡共言蛟龍厭舊穴

七巳步唐韓退之詩天昏地黑蛟

田文字章句□湯傳和親便上問湯湯曰此
愚儒□知夏侯勝傳章句小儒破碎大道
後漢徐防傳詩書禮樂定自孔子發明章
句始於子夏鮑照詩愚
儒守章句未足識行藏論說黑白推何祥
漢五行志言之不從則有白眚白祥聽之
不聰則有黑眚黑祥左傳僖公十六年隕
石于宋六鷁退飛宋襄公問周內惟有主
史叔興曰是何祥也吉凶焉在
人言可用天寒欲雪飲此觴

廣陵會三同舍各以其字為韻仍
邀同賦

劉貢父

劉貢父名攽夫資滑稽不能
自禁與王介甫素厚遠當國
亦屢謔之雖每為絕倒然意
終不能平也初以館閣校勘
同知禮院與王介考開封試
因爭小畜二音語言往復為
御史彈奏罷禮院及考功矣
介甫又告神宗曰司馬光
朝廷所與切瑳琢磨者乃劉
攽蘇軾之徒觀近自以其所
主所主者如此其人可知也
尋出倅海陵東坡以詩送之
載第二卷貢父先既被劾今
又為介甫所斥故云夫子少
年時雄辯輕子貢爾來再傷
戢翼念前痛鑱心輔字君
神宗命知諫院論

春蘿竹西巳揮手滿口

學送者謂君倚也

去年送劉郎醉語巳驚衆文選顏延年詩長嘯若懷人越禮自驚衆如今各漂泊文選謝靈運擬鄴中詩序汝潁之士流離世故頗有漂泊之嘆杜子美詩如今漂泊將安用筆硯誰能弄唐祖君彥傳弄筆生有餘罪韓退之寄盧仝詩往年弄筆嘲同異怪辭驚衆謗不巳我命不在天尚書我生不有命在天羿彀未必中莊子德充符游於羿之彀中中央者中地也然而不中者命也作詩聊遣意老大慵譏諷夫子少年時雄辯輕子貢史記孔子弟子

傳子貢利口巧辯孔子常黜其辯杜子美飲中八仙歌焦遂五斗方卓然高談雄辯驚四筵

爾来再傷弓文選諸葛孔明出師表爾来二十有一年美苟子傷弓之鳥見曲木而驚

戢翼念前痛毛詩鴛鴦在梁戢其左翼戰國策有鴻鴈從東方来更羸引弓虛發而下之魏王曰射可至此乎更羸曰此孽也其飛徐而鳴悲故瘡未息而驚心未去也聞弦音烈而高飛故瘡隕也

廣陵三日飲九域志揚州廣陵郡

相對怳如夢杜子美羌村詩夜闌更秉燭相對如夢寐

況逢賢主人文選王仲宣公讌詩顧我賢主人與天享巍巍

回首攜春竟竹西已揮手杜牧之禪智寺詩誰知竹西

州文選 辭劉彎弓首

[illegible]正喧閧烏臺詩話云熙寧四年八月之杭州通判寄劉攽詩云吾邦正喧閧言杭州監司所聚初行新法事多不便

孫巨源

孫巨源名洙廣陵人未冠擢進士第歐陽公吳文肅舉應制科進策指陳政體韓忠獻讀之太息曰今之賈誼也同知諫院後為翰林學士神宗欲用為參知政事忽得疾不起年纔四十九巨源博聞強識明練典故文辭典麗有先漢之風在諫院時王介甫行新法多逐諫官御史巨源

心知不可而鬱鬱不能有所
言但懇乞補外知海州既會
于此東坡與劉貢父劉莘老
皆坐論新法以去巨源既同
舍雅相厚又居諫省而此詩
云終歲不及門則異趣可見
又用柳子厚王孫猿事終以
子通真巨源繼交固未敢之
句其責之深矣子由而和此
詩云立談信無補閉口出國
門然東坡與巨源交契甚厚
既別於海州景疏攜後登此
攜懷巨源作永遇樂詞以寄
元祐間同子由微雪訪王定
國子由言昔與巨源同過
定國感念存沒為之悲歎

言　靈運上蠡詩風潮難具論
紅塵中史記蘇秦傳揮汗成雨文選班孟堅西都賦紅塵四合煙雲相連
但隨馬蹄飜人情貴往返不報生禍根坐
令平生友韓退之感春時心懷平生友莫一在燕席終歲不及
門論語從我於陳蔡者皆不及門南來賓清曠宋謝靈運傳山居賦
捷清曠於山川但恨無與言論語可與言而不與言失人不可與言而
與之言失言不謂廣陵城得逢劉與孫異趣不
兩立韓退之詩與衆異趣誰相親譬如王孫猿柳子厚憎王孫
文猿王孫居異山德異性不能相容猿之德靜以常王孫之德躁以囂雖羣不相若

也

吾儕又相聚左傳襄公十七年宋子罕曰吾儕小人皆有闔廬漢張良傳恐見疑過失及誅故相聚謀反耳恐見疑排根漢灌夫傳竇嬰失埶亦欲倚夫引繩排根生平慕之後棄者孟康曰根音痕欲引繩以彈排擯根挌之也

我褊類中散子通真巨源晉嵇康傳初婚魏宗室拜中散大夫山濤將去選官舉康自代康與濤書告絶康作幽憤詩曰惟此褊心顯明臧否又與山濤絶交書去足下旁連多可而少怪書見文選山濤字巨源絶交

固未敢且復東南奔沈傳師嶽麓寺詩承明年老輒自論乞得湘守東南去

科韓忠獻薦除館閣
㠯介甫一見器異之擢檢正中書禮房非其好也纔月餘
為監察御史即奏論亳州青苗獄謂小人意在傾搖富弼
今兩已得罪頗少寬之入見神宗問卿從學王安石耶安
石極稱卿器識對曰臣東北人少孤獨學不識安石也自
此極論新法章數上中其要害中丞揚繪亦言其非安石
使曾布作十難折之仍詰兩人向背好惡之情繪懼謝罪
華老獨奮曰為人臣豈可壓於權執使天子不知利害之
實即條對所難以伸其說若謂向背則臣所向者義所背

者利所向者君父所背者權
臣安石大怒將竄嶺外上不
聽謫監衡州鹽倉安石始為
小官不汲汲於仕進屢辭官
不就由是名重天下士大夫
恨不識其面後除知制誥自
是乃不復辭祐安石黨友傾
一時造作言語以為幾於聖
人至是遂以其學亂天下先
生詩六士方在田里自比渭
與莘出試乃大謬芻狗難重
陳謂此也元豐官制行首用
為禮部郎中 哲宗即位擢
侍御史中丞連拜尚書左右
丞中書門下侍郎右僕射性
清直忼慨有氣節自祐輔政
[illegible]為相脩嚴憲法辭白

中黄[illegible]與祢贈少卿詩

東坡以治平丙午夏奉老蘇公喪舟行歸蜀道江陵而忠

書正在荆州幕府故云江陵昔相遇幕府稱上賓此會蓋

去御史謫衡陽時也子跋字斯立能為文章為官拓落家

居避禍以壽終號學易先生

江陵昔相遇唐地理志江陵本荆州南郡天寶元年更郡名幙府

稱上賓漢馮唐傳上功幙府晉郗超傳謝安曰郗生可謂入幙之賓再

見明光宮漢武故事上起明光宮發燕趙美女二千人充之杜子美十二

月一日詩明光起草人所羨峩冠挹搢紳韓退之赴江陵詩復聞顛

[illegible]董義冠進鴻疇史記封禪書搢紳者不道李奇注曰搢插也插笏於紳紳大帶也

如今三見子坎坷為逐臣戰國策梁之大盜趙之逐臣

朝游雲霄間欲分丞相茵漢丙吉傳馭吏醉歐丞相車上吉曰地忍之不過汙丞相車茵耳

莫落江湖上韓退之赴江陵詩朝為青雲士暮作白雲囚

遂與屈子鄰楚辭屈平離騷序遷之江南

了不見喜慍論語令尹子文三仕為令尹無喜色三已之無慍色晉嵇康傳王戎與康居山陽二十年未嘗見其喜慍之色

子豈真可人晉桓溫傳經王敦墓曰可[illegible]可人

邂逅成一歡毛詩邂逅相遇適我願兮

不[illegible]歸[illegible]自比渭上[illegible]廿六

伯獵公於渭之陽孟子伊尹耕於有莘之野出試乃大謬漢司馬遷傳報任安書事乃有大謬不然者

芻狗難重陳莊子天運篇芻狗之未陳也盛以篋衍巾以文繡尸祝齋戒以將之及其已陳也行者踐其首脊蘇者取而爨之

歲晚多霜露歸耕當及辰前漢夏侯勝傳不如歸耕文選古詩為樂當及時何能待來茲

註東坡先生詩卷第三

宋南陽陳鵠耆舊續聞載趙右史家有顧禧景蕃補注東坡長短
句真蹟云按唐人詞舊本作試教彈作忽雷聲蓋樂府雜錄云康崑
崙嘗見一女郎彈琵琶嘗聲如雷而文宗內庫有二琵琶號大忽雷
小忽雷鄭中丞嘗彈之今本作輥雷聲而傳辨注亦以輥雷為證考
之傳記無有又云余頃於鄭公實處見東坡親蹟書卜算子云寂莫
沙汀冷今本作楓落吳江冷詞意全不相屬也又南柯子云遊人都上
十三樓不羨竹西歌吹古揚州十三間樓在錢唐西湖北山此詞在錢
唐作舊注云汴京有十三樓非也又云曩見陸辰州語余以賀新郎詞
用榴花事乃妾名也秦嘗深攷近觀顧景蕃續注因悟東坡詞
中用白團扇瑤臺曲皆侍妾故事按此則景蕃不獨與施氏合注
東坡詩且注其詞也曰補注續注或因注詩而續之補之耳　伯榮

□昌孟夏余以督曹引覲入都過
□舍几郊喬頭觀宋鄭蘊詩酒半
畫菊同觀者南昌
方用儀江都唐惇培
諸城李璋煜新城
陳學恩丹徒張澍
華亭張祥河識

余得此書於湘潭袁氏時經
大厄斷亂零落猶幸不盡
為六丁取去因屬善工裝治
年餘始竣藏之韞輝齋中
并題歲月　丁丑六月十八日